NATE EL GRANDE
ATACA DE NUEVO

Lincoln Peirce
NATE EL GRANDE
ATACA DE NUEVO

MOLINO
LECTORUM

NATE EL GRANDE

ATACA DE NUEVO

Originally published in English under the title

BIG NATE STRIKES AGAIN

Author: Lincoln Peirce

The edition published by agreement with HarperCollins Children's Books,

a division of HarperCollins Publishers.

Text and illustrations copyright © 2010 by United Feature Syndicate, Inc.

Translation copyright © 2010 by Mireia Rue

Spanish edition copyright © 2011 by RBA LIBROS, S.A.

U.S.A. Edition

Lectorum ISBN 978-1-93-303279-5

Printed in the United States of America.

10 9 8 7 6 5 4 3 2 1

Para Elias, de tu amigo y admirador

CAPÍTULO 1

—Es el bebé más feo que he visto en mi vida.

Teddy y yo estamos de pie en el vestíbulo de nuestra escuela, frente a un tablón de anuncios del que cuelgan tropecientas fotos de bebés. Nunca había visto tanto azul y tanto rosa juntos.

—¿Cuál? —pregunto entre risas asomando la cabeza por detrás del hombro de mi amigo.

¿¿Qué?? ¡Eh, un momento...!

—¿Ah, sí? —pregunta Teddy.

Trata de parecer sorprendido, pero su mirada no deja lugar a dudas: sabía que era mi foto desde un principio.

—Sí. Ese es Nate, exacto —asegura Francis, acercándose a nosotros.

Francis y Teddy son mis mejores amigos, cosa que tal vez les sorprenda, teniendo en cuenta que no paran de reírse de mi foto de bebé. Pero ese es nuestro modo de relacionarnos: los dos saben muy bien que tarde o temprano encontraré algún motivo para meterme con ellos. Al final todo acaba compensándose.

—Bueno, ¿y qué me dices de ti, Francis? —le pregunto señalando rápidamente su foto.

Francis se encoge de hombros.

—Eh, todos los bebés son algo rollizos —asegura—. ¿De dónde crees que viene la expresión «rollizo como un bebé»?

—De tu fotografía, ¿de dónde si no? —le suelta Teddy.

Teddy alarga el brazo hacia los miles de fotos que recubren el tablón.

Antes de que Francis y yo presionemos nuestros puños contra Teddy en reacción a su odiosa respuesta, les explicaré de qué va eso de las fotos de bebés.

Este es el tablón de anuncios de la señorita Shipulski, la secretaria de la escuela que está a cargo de todo lo que se pone en él. Generalmente de su tablón de anuncios cuelgan pósters insufribles como:

o...

Pero la semana pasada la señorita Shipulski decidió intentar algo diferente. Esto es lo que ocurrió:

En realidad la última parte no sucedió. Sólo pretendía darle un poco de emoción a la historia.

Bueno, pues así es como empezó el juego «Adivina quién es este bebé». La señorita Shipulski pidió a todos los alumnos de sexto que colgaran en el panel una foto de cuando eran bebés.

—Algunos son muy fáciles de adivinar —dice Francis.

—¡Y ahí está Chester! —exclama Teddy señalando otra foto.

En realidad no los estoy escuchando. Estoy escaneando el tablón de izquierda a derecha en busca de una... foto... determinada.

¡Ahí está! Entre dos niños que no sabían lo que era un peine: ¡es ella!

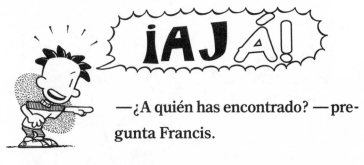

—¿A quién has encontrado? —pregunta Francis.

—¿A ti qué te parece? —le digo.

Francis y Teddy dan un paso hacia adelante para examinar la foto más de cerca. Están confundidos. Como siempre.

—Me rindo —dice Teddy por fin—. ¿Quién es?

—¿Acaso no es obvio? —pregunto.

Jenny es la chica más guapa de sexto, y algún día vamos a formar una pareja genial. (Por desgracia, ahora mismo sale con Artur, un pequeño obstáculo que tendré que salvar.) La cuestión es que soy un experto en Jenny.

—La he reconocido al instante —prosigo—. Es el bebé más guapo del tablón... ¡por mucho!

¡Puaj! Ya está aquí la entrometida de Gina. ¿Acaso es asunto suyo?

—Por supuesto que estoy seguro —le suelto—. ¡No me cabe duda!

—¿Ah, sí? —dice Gina con una sonrisa burlona en los labios—. ¡Pues tal vez no la conozcas tan bien como crees!

Avanza hacia el tablón...

... y se dispone a despegar la fotografía.

—¡Eh, no puedes hacer eso! —le grito—. ¡Esa foto no es tuya!

Gina se me acerca.

—¿Ah, no...? —empieza a preguntarme...

... ENTONCES ¿POR QUÉ LLEVA MI **NOMBRE**?

Gina sostiene la foto en lo alto, justo delante de mis ojos. Ahí, escrito en el reverso, leo:

Gina Hemphill-Toms   edad catorce meses

Cierro los ojos con fuerza y vuelvo a abrirlos, con la esperanza de haber leído mal. Pero no hay ningún error. Esta no es la foto de Jenny. Es Gina. Me siento como si me hubieran golpeado en la cabeza con un bate de béisbol.

Con una sonrisa odiosa, Gina me arroja a la cara mis propias palabras:

Teddy y Francis se echan a reír a carcajadas. Y lo mismo hacen algunos niños que se han ido apiñando a nuestro alrededor. No puedo hacer nada al respecto. Es como esas pesadillas en las que todo el mundo va vestido y tú sólo llevas calzoncillos.

Gina devuelve la fotografía a su sitio y se aleja saludando a todo el mundo como si hubiera salido elegida reina de la clase.

Me entran ganas de vomitar. Aquí me tienen, delante de media escuela, como si fuera un visitante del

Planeta de los Tarugos. Pero eso puedo soportarlo. Me he sentido así otras veces. Lo terrible de la situación es que Gina se ha burlado en mi cara.

Gina es una de las personas que menos me gusta. No, es más que eso: es una de las COSAS que MENOS me GUSTA. Vean mi lista.

¡COSAS QUE NO PUEDO SOPORTAR!

de:  ← Nate Wright

(Nota: ¡**NO** están en orden!)

- ☹ Los gatos (ESPECIALMENTE cuando no llevan las uñas cortadas)
- ☹ La ensalada de huevo
- ☹ Sociales
- ☹ EL DÍA DE LA FOTO EN LA ESCUELA ➡
- ☹ Las gomas viejas y resecas que no borran: ¡lo dejan todo hecho un ASCO!

  ¡CLIK! ¡EH! ¿Qué...?
  ¡Que no estaba LISTO!

- ☹ Los exámenes
- ☹ Enfermarme el fin de semana
- ☹ Las mates
- ☹ La música de los setenta
- ☹ EL PATINAJE ARTÍSTICO ➡
- ☹ Los chicles que pierden el sabor en 20 segundos

  Pero ¡yo quería ver HOCKEY! Triple vuelta... ¡FABULOSO!

- ☹ Los peluqueros que no saben lo que significa «cortar un poquito»
- ☹ Los plátanos muy maduros
- ☹ Ir de compras
- ☹ GINA ➡
- ☹ Los cortes con el papel

  ¡Ah, otro SOBRESALIENTE! ¿Y tú QUÉ has sacado?
  A+

- ☹ Las reuniones de padres y maestros
- ☹ Los proyectos de arte que tienen que ver con hueveras de cartón o palillos

15

Supongo que está claro, ¿no? Cuando comparas a alguien con ensalada de huevo y el patinaje artístico, ya no hace falta decir nada más.

—Vamos, Nate —dice Francis—. No la odias.

—Sí que la odio —aseguro con un gruñido.

—Y recuerda lo que dicen —añade Teddy sonriendo—. Es muy fina la línea que separa el odio y el...

Francis se ríe entre dientes y, cuando por fin consigue controlarse, me dice:

—Harían una pareja estupenda.

Y cuando estoy a punto de hacer chocar sus dos cabezas...

...suena el timbre: tenemos clase informativa.

No es que sea un fan de la clase informativa (al fin y al cabo implica compartir oxígeno con la señorita Godfrey durante diez minutos), pero ahora mismo todo lo que sirva para hacer callar a Francis y a Teddy me parece bien. Así que me apresuro a ir a clase.

¿Nos han cambiado de sitio? Vale. Está bien. Me da igual donde sentarme. Sólo quiero que empiece la clase para poder dejar toda esa historia de Gina...

CAPÍTULO

2

Probablemente se están preguntando: ¿Qué mosca le ha picado a Nate? ¿Por qué odia tanto a Gina? ¿Tan mala es?

La respuesta sería «sí». Con «S» mayúscula.

Es difícil decir qué es lo que me molesta más de Gina. ¡Hay tanto donde elegir! Pero ahí va una de las cosas que más odio de ella: se pasa el día hablando sobre lo maravillosa que es.

Francis dice que tal vez Gina actúe como si fuera mejor que los demás porque en el fondo no se gusta a sí misma. Puede que tenga razón. Si yo fuera Gina, tampoco me gustaría. Bueno, Gina ha ocupado ya demasiado espacio de mi cerebro esta mañana. Necesito urgentemente pensar en otra cosa.

Como el hecho de que la clase ha empezado hace sólo cinco minutos y la señorita Godfrey ya está gritando como una posesa.

Y ahora saca su carpeta azul. Oh, no.

La señorita Godfrey lo tiene todo codificado por colores. La carpeta amarilla contiene las hojas de asistencia. La verde, los deberes. La roja, los ejercicios para hacer en clase. ¿Y la azul?

«Los proyectos especiales.» Y cuando digo «especiales» no lo digo en el buen sentido. Para los de sexto, «especial» suena a palabrota.

En el último proyecto especial, la señorita Godfrey me puso un aprobado: dijo que en mi trabajo sobre Louisiana hablaba demasiado de los pelícanos. ¿¡Perdón!? ¡Resulta que el pelícano es el pájaro del Estado de Louisiana! ¡Era información vital!

Y en el anterior, me puso una nota de pena en mi reproducción del Coliseo, porque lo construí con piezas del Lego. Bueno, ¿y qué esperaba que hiciera? ¿Ir a la cantera más cercana y desenterrar unas cuantas piezas de mármol?

—Les hablaré de otro proyecto especial —nos comunica la señorita Godfrey. Sonríe, y eso siempre es mala señal. Además, cada vez que nos enseña los dientes, me recuerda el ataque de ese tiburón que vi en un documental.

Buf. Un trabajo de investigación. Eso suena muy gordo. Se necesitan semanas para terminar uno de esos... Y suelen contar mucho para la nota trimestral.

—Y... —prosigue la señorita Godfrey.

¡Sí! ¡Por fin buenas noticias!

Miro a Teddy y a Francis. Seguro que todos pensamos lo mismo. Nos levantamos de un salto de nuestras sillas y corremos como locos hacia la pizarra.

La señorita Godfrey pone cara de que sospecha que nos traemos algo entre manos.

HECHO SOBRE LOS PROYECTOS ESPECIALES: La única vez que la señorita Godfrey nos permitió trabajar juntos, hicimos una reproducción del monte Vesubio y nuestra lava la salpicó un poco.

—Me temo que no —dice con calma.

—En primer lugar, trabajarán de DOS en DOS, no en grupos —añade como si debiéramos saberlo. Y, en segundo lugar..., elegiré las parejas al AZAR.

Saca un frasco de galletas del cajón, frasco que, naturalmente, no contiene ni una sola galleta. Probablemente se las ha zampado todas y, por supuesto, no se le ha ocurrido ofrecernos una.

—Elegiré dos nombres cada vez — explica la señorita Godfrey—. Los alumnos que salgan elegidos trabajarán juntos en este proyecto.

Uau. Esto es como uno de esos programas de lotería de la tele, en el que una chica guapa extrae pelotas de ping-pong numeradas de una pecera gigante. Salvo que la señorita Godfrey no emplea pelotas de ping-pong. ¡Y de guapa no tiene un pelo!

Todos nos ponemos a murmurar: somos muy conscientes de lo que hay en juego.

Podemos acabar con alguien genial, o con un inútil total.

Es obvio quiénes serían los mejores compañeros para mí: sería fantástico que saliera elegido Francis o Teddy. Trabajar con Jenny sería más que maravilloso. Y, por supuesto, a quien le toque trabajar conmigo se llevará el premio gordo.

Pero en todas las clases hay algunos niños como estos otros:

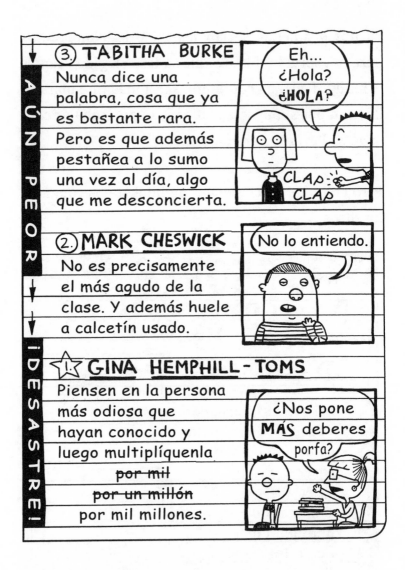

La incertidumbre nos está matando. ¿A qué demonios espera? La señorita Godfrey se ha quedado ahí de pie, junto a su mesa, mirándonos.

Oh, ahora me doy cuenta. Está haciendo eso que hacen los profesores cuando se quedan en silencio esperando a que la clase entienda que es momento de callar.

Finalmente mete la mano en el frasco y saca dos papeles.

—Kendra... —lee en voz alta— ...y Matthew.

Echo una mirada rápida a Kendra y a Matthew: no parecen muy emocionados, pero estoy convencido de que ambos se dan cuenta de lo mismo:

PODRÍA HABER SIDO PEOR.

La señorita Godfrey continúa...

—Brian y Kelly... Molly y Allison... Jenny y Artur... Kim y Nick... Cindy y Steven...

Un momento, un momento. ¿He oído bien?

Genial. Esos dos se pasan el día juntos. Y ahora encima van a trabajar en el mismo proyecto. ¡Esto es un ultraje!

Oh, ¡vamos! Primero Jenny y Artur, ¿y ahora Teddy y

Francis? Mírenlos. Actúan como si hubieran ganado un viaje a Disneylandia.

Pero ¿y yo? Repaso la clase con la mirada y hago un cálculo rápido. Somos muy pocos los que aún no hemos salido elegidos.

Se me cae el alma a los pies: ¡Gina aún no ha salido!

Por favor, por favor, no. Por favor, que no me toque con Gina. Que salga cualquiera excepto Gina.

La señorita Godfrey introduce la mano en el frasco de nuevo.

¡¡Qué alivio!! Está bien ser el compañero de Megan. Más que bien. Megan es buena gente. Es agradable, lista...

Y no está. ¿Megan? ¿Alguien ha visto a Megan?

—Ah, sí —dice entonces la señorita Godfrey—. Acabo de acordarme de que a Megan la operaban de las amígdalas esta semana. Estará ausente durante un tiempo.

—N-no me importa esperar a que vuelva Megan —tartamudeo—. Ya me...

—Silencio, Nate —me ladra la señorita Godfrey. Y, sin darme tiempo a abrir la boca, mete de nuevo la mano en el frasco de galletas—. Trabajarás con...

—¿Tienen algún problema? —pregunta la señorita Godfrey dejando claro que más nos vale no tenerlo.

Típico de Gina. Dice exactamente lo que la maestra quiere oír. Pero yo no puedo fingir que todo va estupendamente cuando no es así. La señorita Godfrey trata de perforarme la cabeza con la mirada. Pero nos ha preguntado si teníamos algún problema, y yo voy a darle una respuesta.

—¿Ah, sí? —pregunta algo sorprendida—. ¡Pues no entiendo POR QUÉ!

Algunos de mis compañeros se ríen entre dientes. La señorita Godfrey nos da la espalda y se pone a escribir en la pizarra. Es su modo de decirme que la conversación se ha terminado. No hay salida posible. Soy oficialmente el compañero de Gina.

CAPÍTULO 3

—Estoy tan enojado con eso de las amígdalas de Megan —refunfuño en cuanto Francis, Teddy y yo nos detenemos ante nuestras taquillas.

—Cierto —asiente Francis—. Seguro que todo esto forma parte del plan maestro de Megan.

—Vale, vale —digo—. Pero no tienes por qué hacer que suene tan ridículo.

—Bueno, dudo que la señorita Godfrey te permita librarte de Gina —apunta Francis—, así que será mejor que te lo tomes bien.

—Para ti es fácil decirlo —le digo—. ¡No eres tú el que tendrá que cargar con ella!

¡Otra vez no! Gina y su preciado récord académico.
He oído esta canción un millón de veces.

—¿Sabes una cosa, Gina? Podría hacerlo tan bien como tú si me lo propusiera —le digo.

—Entonces ¿por qué no lo haces?

—Porque en la vida hay muchas cosas aparte de las buenas notas —le contesto.

—Escucha, Einstein —dice Gina con un gruñido—. Cuando se trabaja conmigo...

—El tema de nuestro trabajo es Benjamin Franklin —me dice lentamente—. ¿Crees que podrás recordarlo?

No le respondo. En realidad me cuesta responder cuando me están estrangulando. Al final me suelta y se larga hecha una furia hacia la biblioteca (¡qué desastre!).

—La señorita Godfrey tiene razón —dice Teddy tomándome el pelo.

Cuando estoy a punto de ahogarlo en la fuente...

—¡Chicos! —exclamo entusiasmado—. ¡Hoy es martes!

Pausa.

—Felicidades —dice Francis—. ¿Lo has pensado tú solito?

Esto los anima. Nos dirigimos al gimnasio tan deprisa como podemos. No corremos, porque si te pillan corriendo por los pasillos, te ganas un castigo.

Así que simplemente nos limitamos a andar súper rápido, como quien necesita ir de manera urgente al baño.

Justo a tiempo. El entrenador está poniendo la lista cuando alcanzamos la esquina a toda velocidad.

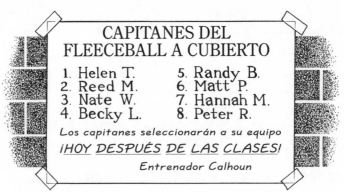

CAPITANES DEL
FLEECEBALL A CUBIERTO

1. Helen T.   5. Randy B.
2. Reed M.   6. Matt P.
3. Nate W.   7. Hannah M.
4. Becky L.   8. Peter R.

Los capitanes seleccionarán a su equipo
¡HOY DESPUÉS DE LAS CLASES!

Entrenador Calhoun

En la escuela hay dos tipos de deportes: los oficiales, que se juegan contra otras escuelas, como el fútbol y el básquet; y los deportes no oficiales, que se juegan entre temporadas. Todos los profesores los llaman deportes a cubierto, pero los alumnos los llamamos Drupa.

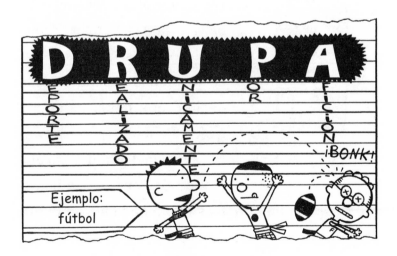

Vale, seré sincero: no se juegan sólo por diversión. Juegas contra chicos que conoces de toda la vida, así que la experiencia puede llegar a ser muy intensa. Es más que un deporte. Es un auténtico pulso.

Y hay un trofeo.

Es la cosa más penosa que se ha visto jamás. Pero los Drupa son algo muy serio, así que hace ya mucho tiempo alguien decidió que debía haber un trofeo. De modo que envolvieron con papel de aluminio una lata de Dr Pepper y lo llamaron Drupi, el nombre más idiota que he oído nunca para un trofeo.

Quiero ganar esa cosa. Tengo que conseguirlo.

Hasta ahora mi carrera drupística ha sido un auténtico desastre. No ha sido culpa mía: siempre me toca estar en equipos de pena.

¿Y esa vez que estuve en un equipo medio decente?

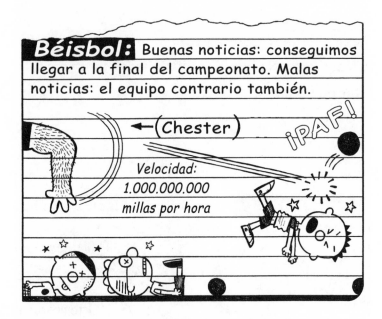

Béisbol: Buenas noticias: conseguimos llegar a la final del campeonato. Malas noticias: el equipo contrario también.

←(Chester)

¡PAF!

Velocidad:
1.000.000.000
millas por hora

Así que, naturalmente, nunca he ganado el Drupi. Pero ahora ha llegado mi gran oportunidad. En primer lugar, soy capitán. ¡Eso significa que puedo elegir a mi propio equipo! No es una cuestión de azar, como esa historia del frasco de galletas en clase de sociales.

EL CAPITÁN

Y, en segundo lugar, soy un hacha jugando al fleece-ball. Pero si en tu escuela no tienes fleeceball, probablemente no sabrás de lo que estoy hablando.

El fleeceball es un béisbol a cubierto. Tiene casi las mismas normas que el béisbol, pero en lugar de usar un bate se emplea un palo de escoba. La pelota es blandita, así que no te hace ningún daño si te dan con ella en la cabeza. El año pasado a Chad le dieron en la cara y casi ni se enteró.

Ah, otra cosa: no es muy buena idea dejarte deslizar por el suelo cuando corres hacia una base.

—Oye, Nate, me vas a elegir para tu equipo, ¿verdad? —pregunta Teddy.

—¡Por supuesto! A no ser que otro capitán te elija antes que yo.

Randy es un abusón. Se pasea por la escuela como si fuera el dueño, y siempre lo acompaña una pandilla de chicos que lo siguen como las moscas a la miel. Creo que Randy ni siquiera les cae bien. Sólo le hacen la pelota porque le tienen miedo.

—Apártense, idiotas —nos ladra. Luego examina la lista y, cuando encuentra su nombre, da un puñetazo en el aire.

Le echa otro vistazo a la lista y se vuelve hacia mí.

—¿El entrenador te ha nombrado capitán? —pregunta.

¿Acaso Randy me está retando? Vale. Él lo ha querido.

—Yo soy muy bueno en deportes —le aseguro—. Pero hace falta más que eso para ser capitán.

—¿Como qué? —pregunta con aire burlón.

—Te lo enseñaré —le digo.

Conduzco a Randy y a su séquito por el pasillo, y de vez en cuando les lanzo un par de miradas por encima del hombro para asegurarme de que me siguen. De momento todo va bien.

Nos detenemos.

—¿A qué viene todo esto? —pregunta Randy.

—Como te he dicho, te enseñaré algo muy importante para ser capitán —le explico volviéndome hacia mi taquilla—. Aquí lo tienes.

Randy trata de decir algo, pero no puede. Está demasiado ocupado intentando sacarse de encima la montaña de basura que ha salido disparada de mi taquilla. Me parece que ser un poco cerdo tiene sus ventajas.

Probablemente luego me matará. Y es posible que su equipo de fleeceball haga papilla al mío. Pero ahora mismo todo eso me da igual: me he enfrentado al mayor imbécil de la escuela y lo he vencido.

¡Me apunto un tanto!

En la escuela las noticias vuelan. No han pasado ni cinco segundos y todo sexto está al corriente de la humillación por la que he hecho pasar a Randy.

El fanfarrón no está acostumbrado a que se rían de él, así que sólo debe de tener una cosa en la cabeza:

Lleva todo el día buscándome. Pero nunca me encontrará aquí. Estoy en la biblioteca.

No tenía pensado venir a la biblioteca. Hace cinco minutos estaba en ciencias, mi última clase del día, pero las cosas se me han ido un poco de las manos. La verdad es que me ocurre a menudo.

Todo ha empezado bien. El señor Galvin ha dicho que íbamos a hacer un experimento sobre la energía... Algo sorprendente, porque el señor Galvin y la energía tienen muy poco en común.

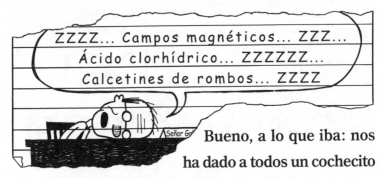

ZZZZ... Campos magnéticos... ZZZ...
Ácido clorhídrico... ZZZZZZ...
Calcetines de rombos... ZZZZ

Bueno, a lo que iba: nos ha dado a todos un cochecito y una tabla para usar como rampa. Se suponía que había que ir variando el ángulo de inclinación de la rampa y medir hasta dónde llegaba el coche en cada ocasión.

¡ESTA VEZ HA RECORRIDO CASI DOS METROS!

¡QUÉ PASADA!

Y a ver si lo adivinan: cuanto más pronunciada es la inclinación más lejos llega el coche. ¿El siguiente experimento será demostrar que el agua está mojada?

La verdad es que esa clase era como una excursión al planeta Muermo, y de pronto se me ha ocurrido una idea para animar un poco la cosa: personalizar mi coche.

¡Lo he convertido en un BATMÓVIL! Genial, ¿verdad? Y entonces he pensado: «¿Por qué detenerme aquí?».

Vale, tal vez era un juego tonto, pero los demás se reían. Y había conseguido que la clase de ciencias fuera divertida, para variar. Hasta que...

¿No han notado que los profesores te preguntan lo que estás haciendo cuando cualquiera con dos dedos de frente podría adivinarlo? No sabía lo que el señor Galvin esperaba que dijera, así que he echado mano del recurso seguro:

Me temo que el señor Galvin no es un gran fan de Batman. Ha empezado a apretar las mandíbulas, señal inconfundible de que se avecinaban problemas. Esperaba que estallara en uno de esos arrebatos suyos en los que se pone a gritar con voz temblorosa, pero se ha limitado a soltar el típico suspiro «estoy-muy-decepcionado-de-ti» y ha dicho:

¿La biblioteca? Esa no me la esperaba, pero vale, por mí bien... Lo he recogido todo, me he dirigido hacia la puerta...

... y entonces ha dejado caer el otro zapato.

Vaya. Ya es bastante malo que te griten en horas de clase, pero ¡tener que soportar que te riñan en tu tiempo libre es el colmo!

Aunque es mejor eso que estar sentado en clase de ciencias viendo cómo se le hinchan las arterias al señor Galvin. La biblioteca es el rincón de la escuela en el que más me gusta pasar el rato. Es perfecto para jugar a fútbol de mesa. Casi no hay profes. Y lo mejor de todo es que hay...

Me hundo en el puf. Ahhh, esto es genial. Me quedo aquí descansando un rato y...

Ups. Es Narizota. Quiero decir la señorita Hickson. Es la jefa de las bibliotecarias y no es muy partidaria de «pasar el rato». Estoy convencido de que los pufs no fueron idea suya. Si estás en su biblioteca, quiere verte haciendo algo.

SOBRE LA SEÑORITA HICKSON:
Nunca olvida un nombre, una cara..., o los libros que han superado el plazo de devolución.

VIEJO YELLER.

LA CASETA FANTASMA.

HOYOS.

DEVOLUCIONES

UM... SÍ... ESTOY BUSCANDO INFORMACIÓN ACERCA DE BENJAMIN FRANKLIN.

—Entonces —me dice— ¿no crees que te resultaría útil consultar algún libro?

Bibliotecarios. ¿No les parecen graciosos?

Genial. Se terminó mi cita con el puf. Y encima tengo que leer acerca de un tipo que lleva ya un par de siglos siendo pasto de los gusanos.

Aunque... ¿saben una cosa?

¡Este Ben Franklin era un tipo bastante interesante!

Hasta ahora todo lo que sabía sobre Benjamin Franklin era *a)* que era un tipo más bien regordete y *b)* que aparece en los billetes de cien dólares. Pero resulta que hizo cosas increíbles en la época colonial. En realidad ese hombre era un genio. Como yo.

Abro mi libreta y empiezo a tomar notas.

—Nate —me dice la señorita Hickson desde detrás del mostrador—. Ha sonado el timbre.

¿Ah, sí? ¡Uau! Estaba tan absorto en mi trabajo que ni siquiera lo he oído.

Corro hacia clase de ciencias con la esperanza de que el señor Galvin no esté ahí. Tal vez se haya marchado a casa. Quizás se ha olvidado de mí.

No podía tener tanta suerte.

Eh, un momento. ¿Me ha llamado alardoso? Eso es mentira. Yo no hacía alarde, sólo trataba que la clase de ciencias fuera un poco más interesante. ¿Acaso no se ha dado cuenta de que su invento del coche y la rampa era un muermo total?

—La escuela es algo serio, Nate —prosigue—. No es un juego para pasar el rato.

Un juego para pasar el rato.

¡¡¡Oh, NO!!!

¡Se suponía que debía estar en el GIMNASIO! ¡Tengo que elegir a los miembros de mi equipo de fleeceball!

Empiezo a sudar. El señor Galvin sigue soltándome el rollo, pero no puedo esperar a que decida callarse.

Silencio. Bien, misión cumplida. Ha dejado de hablar. Pero ¿habré empeorado más las cosas?

—Bien, Nate —dice por fin—. Acepto tus disculpas.

Salgo por la puerta y me planto en el gimnasio a la velocidad de la luz. ¡Al diablo la norma «no correr por los pasillos»! ¡Esto es una emergencia!

—Me temo que llegas tarde, Nate —me dice el entrenador—. La reunión de capitanes ha terminado.

—¿Que ha terminado? —repito con el corazón encogido. Adiós a mi oportunidad de conseguir el Drupi. Pero...

El entrenador me lee el pensamiento.

—No te preocupes, Nate —me dice con una sonrisa en los labios—. Sigues siendo capitán. Y tienes tu propio equipo.

Por un instante, me siento algo decepcionado. Me habría gustado poder elegir yo mismo a mi equipo. Pero entonces me pongo a leer la lista que me ha entregado el entrenador.

¡Francis y Teddy están en mi equipo! ¡¡Sí!! ¡Y hay muchos más jugadores buenos!

—Uau, ¡este equipo es la BOMBA! —exclamo—. ¡Gracias, entrenador!

Por un momento, el entrenador parece algo confundido. Mira un instante por detrás de mi hombro y me dice:

Aparto el pulgar, y ahí, al final de la lista, aparece el décimo nombre. ¡No! ¡¡NO!!

Me entran ganas de vomitar. ¿Es una BROMA? ¿Por qué se ha apuntado Gina a jugar a fleeceball? Ni siquiera le GUSTAN los deportes. ¡Lo echará todo a perder!

Eh, un momento. Mi equipo. MI equipo.

El capitán soy YO. YO estoy al mando. Los demás jugadores tienen que hacer lo que YO diga. Incluida Gina.

Después de todo puede que no esté tan mal. Quizás por una vez tendré a Gina justo donde la quiero.

EN MIS MANOS.

CAPÍTULO 5

—¿Qué nombre has elegido para nuestro equipo? —pregunta Francis mientras volvemos los tres a casa.

—Ninguno —respondo.

No les hago ni caso.

—Aún no había pensado ningún nombre cuando hablé con el entrenador —explico—. Así que me ha dado hasta mañana para que piense uno.

—Oye, asegúrate de que sea BUENO —dice Teddy—. No hay nada peor que un equipo con un nombre malo.

—Sí, fue bastante vergonzoso.

—Ya, pero la verdad es que teníamos un eslogan bastante pegadizo —nos recuerda Francis.

Llegamos a mi casa.

—Bueno, con una temporada como «capullito» ya tuve bastante —digo—. ¡No pienso ponerle al equipo el nombre de nada que tenga que ver con el REINO VEGETAL!

—¿Así que no vamos a ser los Nabos de Nate? —pregunta Teddy.

¿Y si dejan que un EXPERTO se encargue de esto, par de payasos? Mañana habré encontrado el nombre perfecto.

—¡Los Gelatinas de Gina! —exclama Teddy.

—Hola, Nate —dice papá desde la cocina—. ¿Qué tal el cole?

—Bien —le respondo mientras oigo protestar a mi estómago. A estas alturas ya se me ha despertado el apetito.

81

—Claro —responde papá—. Puedes comer lo que encuentres.

¿Lo que encuentre? Muy buena, papá. Verán, nuestra casa no es como las demás. Bienvenidos a...

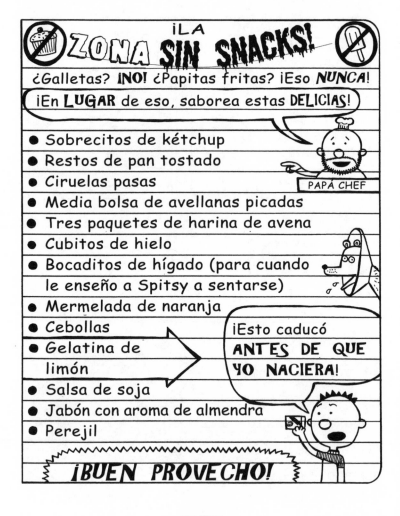

Esto es patético. ¿Tan difícil sería tener un par de bolsas de ganchitos por aquí? Cuando me dispongo a roer una de las patas de la mesa...

Up. Esta es la señal para que suba a mi habitación. No quiero oír a Ellen criticando a todos los chicos que nunca se fijan en ella o hablando del tipo de pintalabios que se pondrá mañana.

—¿Quién es? —pregunto.

—¿Cómo quieres que lo sepa? —responde Ellen. Está obviamente destrozada por el hecho de que la llamada no haya sido para ella.

¿Una chica? Eso no pasa muy a menudo. La última vez que me llamó una chica era Annette Bingham, que quería venderme sus galletas de Girl Scout. Trato de imaginarme quién puede ser y, de pronto, me asalta un pensamiento:

¡Eso sería GENIAL! Intento mantener la calma mientras alcanzo el teléfono. Tranquilo, tranquilo.

Vaya. Menudo chasco. La voz de Gina resulta aún más odiosa por teléfono. Si eso es posible.

—¿Has buscado información sobre Benjamin Franklin? —pregunta.

Un momento: ¿me está CONTROLANDO?

—Pues mira, SÍ —le digo—. Aunque no es asunto tuyo.

—Tranquila, Gina. No voy a estropear tu impoluto expediente.

—Más te vale —me ladra—, porque sacar una nota más baja que un sobresaliente significaría...

El viejo truco de la batería baja. Siempre funciona.

—¿Quién era? —me pregunta papá esperanzado.

Lo siento, papá, los únicos que te llaman son los del telemarketing.

MUCHAS gracias, Ellen. Ahora papá se tomará en serio el papel de padre.

—¡UNA CHICA! —exclama contento—. ¿En serio?

—No era una chica —murmuro—. Era Gina.

Vale, esta situación es repugnante, así que grito a punto de vomitar:

—¡NO! ¡Gina es mi ARCHIENEMIGA!

—¡Oooh! —exclama Ellen interrumpiendo—. ¿La señorita Godfrey?

Ups. Craso error. Nunca debería haber mencionado a la señorita Godfrey en presencia de Ellen, porque...

¿Lo ven? Se han abierto las compuertas. Se ha ido corriendo a su habitación, de la que vuelve ahora con...

Hay una gran diferencia entre Ellen y yo. Ella guarda sus notas. Yo las quemo.

Ellen parece estar flotando: —¿Quieren oír algunos de los comentarios que la señorita Godfrey hizo sobre mí?

—Ejem —empieza Ellen.

Es insoportable. Subo a mi habitación. Si quisiera oír a alguien alardeando de sus notas, habría seguido hablando por teléfono con Gina.

Además, ya sabía que la señorita Godfrey es la fan número uno de Ellen. Lo dejó claro el día de puertas abiertas de la escuela.

No me malinterpreten. No es que QUIERA gustarle a la señorita Godfrey. Los chicos que le gustan son unos memos. Pero sexto me resultaría mucho más fácil...

Vale, ya basta de hablar de Ellen. Gracias a su pequeña celebración particular, y a la llamada de Gina, no he tenido tiempo de concentrarme en lo que REALMENTE importa:

Necesito un nombre que destaque. Muchos chicos bautizan a su equipo de fleeceball con el nombre del equipo profesional del que son seguidores. ¿Qué gracia tiene ESO? ¿Acaso no tienen imaginación? Quiero que se me ocurra algo bien ORIGINAL.

Agarro un lápiz. Es hora de empezar a dejar fluir las ideas.

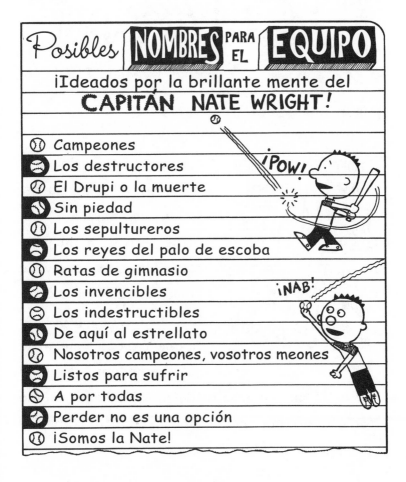

Hmm. Me parecen todos buenos, pero ninguno me acaba de convencer.

¡Madre mía! ¿Es ese SPITSY?

Spitsy es el perro de nuestro vecino, el señor Eustis, y, en comparación con otros perros, es un poco raro. Lleva un jersey de color púrpura muy ridículo y una pantalla protectora que le da un aspecto de satélite andante. Tiene el hábito de saltarte encima después de haber estado revolcándose por encima de algo muerto. Y una vez me infestó la mochila de pulgas.

Pero nunca LADRA así. Corro a la ventana para descubrir qué lo ha sacado de sus casillas. Parece que Spitsy le ladra a...

... nada.

Tal vez HACE un segundo había algo allí. Tal vez haya visto un gato, o quizás una ardilla ha pasado corriendo por el jardín. Ahora mismo no veo nada. Pero Spitsy sigue comportándose como un perro rabioso.

¡Eh! ¡Eso ES!

¿Recuerdan que he dicho que quería que mi equipo destacara? Bien, pues éste es el nombre para conseguirlo. Es perfecto. Me muero de ganas de contárselo a los chicos.

Les encantará.

6

Y no me equivocaba. Cuando les he dicho que íbamos a ser los Perros Rabiosos, Francis y Teddy se han entusiasmado. Así que el día ha tenido un gran comienzo.

Pero lo bueno ha durado poco.

Chad tenía razón. Al llegar a la escuela, he visto a Randy y a sus compinches cerca del poste del juego de pelota. No hay que ser Einstein para imaginarse lo que se traen entre manos.

Pero no nos pongamos nerviosos. Seguro que las normas de seguridad del patio de la escuela están de mi parte.

Creo que hasta el año pasado la escuela ni siquiera TENÍA normas de seguridad. Hasta que sucedió el Incidente Eric Fleury.

Eric está muy obsesionado con el tema de las artes marciales. A veces lo ves haciendo algo normal, como esperar en la cola de la comida y, sin razón alguna, se pone a hacer llaves de kung fu como un poseso. Es muy raro.

Un día, en un descanso, Eric y Danny DelFino jugaban a luchar al kárate y al boxeo en el patio de la escuela. Era un juego algo idiota, pero lo cierto es que parecía bastante real.

Creo que parecía DEMASIADO real. El director Nichols no tenía ni idea de que estaban jugando y empezó a correr hacia ellos como un loco. Y eso que casi NUNCA corre, ni siquiera en el partido de básquet de profesores contra alumnos.

Cuando Eric y Danny lo vieron abalanzarse hacia ellos como un hipopótamo, perdieron la concentración en la lucha súper kung fu y cayeron al suelo.

Eric tuvo una mala caída. El chasquido resonó por todo el patio: se había roto el brazo.

Naturalmente, después de eso la escuela exageró las cosas. Nos prohibieron jugar a luchar y a casi todo lo que es divertido. Y ahora los recreos suelen ser bastante aburridos.

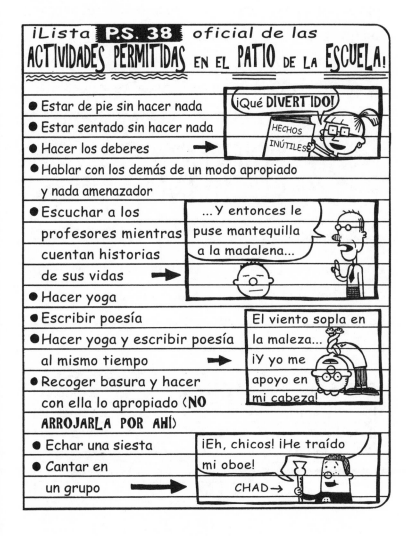

Pero ¿saben una cosa? Ahora mismo estoy ENCAN-TADO con esas normas de seguridad, porque gracias a ellas me voy a sacar a Randy de encima. Si intenta hacer algo que se PAREZCA remotamente a una lucha, la patrulla del recreo se le echará encima. Así que estoy muy tranquilo.

Hasta que veo quién está a cargo del recreo.

El entrenador C. John, de la vieja escuela. Me temo que deben de traerle sin cuidado las normas de seguridad. No para de repetirnos que lo que necesitamos es estar MENOS protegidos.

Si ve a Randy barriendo el asfalto con mi cara, probablemente se quedará tan tranquilo. Dirá que esas
cosas van bien para fortalecer el carácter.

Está claro que no puedo
esperar que el entrenador
C. John me saque las casta-
ñas del fuego. Y estoy convencido de que Randy lo
sabe. Mientras avanzo por
el patio de la escuela, él
y sus secuaces ni siquiera
tratan de disimular que van a tenderme una embos-
cada. Tengo la sensación de que el incidente de Eric
Fleury está a punto de pasar a la historia. Me parece
escucharlos: ¿se acuerdan del Incidente Nate Wright?

Y de pronto se me ocurre una
idea brillante.

 Le llevo ventaja a Randy, pero no mucha. Y la mochila no me ayuda nada. Lo oigo detrás de mí, ganándome terreno a través del patio y los pasillos de la escuela.

¡El director Nichols! Parece que se ha olvidado de tomarse su píldora de la felicidad esta mañana.

¿Recreo? Perdone, ¡corría para salvar la VIDA! Pero no puedo decir eso teniendo a Randy a dos pasos de mí.

El director Nichols no se lo traga.

Asiento con la cabeza, y Randy hace lo mismo. Supongo que no quiere despegarse de mí, por lo de querer matarme y eso.

—Bien, entonces ambos sabrán la respuesta a la siguiente pregunta...

¿Cómo se titula el popular
libro que Benjamin Franklin
publicó anualmente
de 1732 a 1758?

—*Almanaque del pobre Richard* —respondo de inmediato.

El director Nichols parece sorprendido. Impresionado.

—Muy bien, Nate —me dice—. Puedes ir a la sala de informática.

Fiu. Ha faltado un pelo. Randy sale al patio arrastrando los pies, con aspecto de desear matarme con MAYOR INTENSIDAD que antes. Yo me voy a toda prisa al aula de informática antes de que al director Nichols se le ocurra hacerme más preguntas sobre Ben Franklin.

Hablando de Ben, me pregunto si alguna vez tuvo que vérselas con idiotas como Randy...

El timbre. Me dirijo a clase informativa rezando para no encontrarme con Randy. Una vez empezada la clase, por fin me relajo. No vamos juntos a ninguna de las clases.

Es una mañana bastante típica. La señorita Godfrey me grita un par de veces en sociales. El señor Clarke nos enseña algunas palabras nuevas en inglés. (Como por ejemplo «extremely» [extremadamente] y «boring» [aburrido].) Y en arte, el señor Rosa nos deja hacer figuritas de barro.

—¿¿UNA MORSA?? —exclamo—. ¡Es un PERRO RABIOSO, idiota!

—Oh-oh, ¿qué? —pregunto aún algo irritado.

—¿Te has acordado de darle al entrenador el nombre de nuestro equipo esta mañana? —me pregunta Francis.

¡El entrenador quería que le diera el nombre antes de clase informativa! Y yo estaba tan preocupado tratando de escabullirme de Randy ¡que me he olvidado por completo!

¿Cómo he podido ser tan estúpido? Espero que el entrenador no se haya enojado demasiado al ver que no he aparecido.

El timbre suena por fin. Al cabo de treinta segundos, ya estoy ante la puerta de su despacho.

—Siento no haberle dado el nombre de mi equipo de fleeceball esta mañana —tartamudeo—. Estaba...

El entrenador me interrumpe con una sonrisa amable.

—No te preocupes, Nate —me dice.

Un momento. ¿Cómo ES posible?

—¿Ya lo... lo tiene? —le pregunto.

—Me lo ha comunicado justo a tiempo... —dice.

Ha dicho... ¿¿GINA?? El despacho empieza a dar vueltas a mi alrededor. Abro la boca para hablar, pero no me salen las palabras.

—Estoy orgulloso de que hayas dejado que escogiera el nombre —prosigue el entrenador.

—¡Espere! —le digo cuando se dispone a marcharse—. ¿Qué nombre le ha...?

—He impreso la ficha. Las copias están encima del archivo —me dice saliendo por la puerta.

Me da miedo mirar.

Es peor de lo que imaginaba. Peor de lo que NADIE podría imaginarse. Gina ha convertido mi equipo de fleeceball en un chiste. Gracias a ella, ahora seré el capitán de un manojo de...

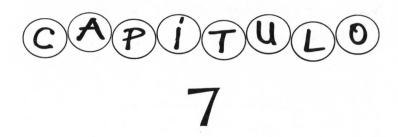

CAPÍTULO 7

No me importa lo que ponga en la ficha. Por lo que a mí respecta, nos llamaremos Perros Rabiosos.

Pero por lo que respecta a los demás ya es otro cantar.

¡EH! ¡ES EL CAPITÁN DE LOS **MININOS MIMOSOS**!

Genial. El entrenador ya ha colgado la ficha. A estas alturas ya la habrá leído la mitad de la escuela, y la otra mitad la leerá de camino al comedor. Menudo desastre.

Oh, ¡cuánto la odio! No sé cómo ha convencido al entrenador para que la dejara ponerle nombre al equipo. Pero lo que sí sé es que esto no se va a quedar así.

¿Recuerdan la lista de Cosas que no puedo soportar? La ensalada de huevo es una de ellas. Así que, naturalmente, no pienso comerme esta porquería. Tengo otros planes.

Echo un vistazo rápido a todas las mesas y localizo a Gina al instante. Está sentada con sus colegas de la sociedad de cerebritos. Aj. Fíjense en su sonrisa de engreída. Muy bien, Gina, veamos si aún te quedan ganas de sonreír...

Haré que parezca un accidente. Fingiré que me dirijo a las máquinas expendedoras y que, de pronto, la bandeja se me «escapa» accidentalmente de las manos. ¡JA!

De pronto todo se detiene. En el comedor reina un silencio absoluto. Hasta que Jenny empieza a gritarme.

No sólo está enojada. Está enojada al estilo GOD-FREY. Tiene en los ojos esa mirada que parece capaz de perforarme la frente. Jenny se quita un poco de ensalada de huevo del pelo y, por un momento, creo que me la va a arrojar a mí. Y entonces aparece el entrenador.

Desastroso: esta es la palabra que podría describir el día que estoy viviendo. Primero Randy va a por mí. Luego Gina convierte a mi equipo en un manojo de miedicas. Y ahora es probable que Jenny no vuelva a hablarme jamás.

Vale, aún me dirige la palabra. Así que la cosa no es tan grave.

Termino de limpiar y me encuentro con Francis y Teddy.

—¿Esta tarde?

—¿Hola? ¿Capitán? —me dice Francis—. Nuestro primer partido es ESTA TARDE.

—Y hablando de fleeceball —dice Teddy...

Les cuento toda la historia. No se muestran sorprendidos. Saben que Gina puede ser una auténtica pesadilla.

¡SÍ! Jugamos a los garabatos muy a menudo. Es muy sencillo: alguien hace un garabato...

... y entonces hay que convertir ese garabato en algo con sentido.

Es genial. Pero justo cuando empezamos a divertirnos...

Estupendo. Seguramente viene a echarme la bronca por haberle puesto a su novia la ensalada de huevo por sombrero.

—Hola chicos —nos dice con una sonrisa.

Mm. Pues parece que no. Probablemente ni siquiera se ha enojado. Es demasiado perfecto para eso.

—¡Claro! —exclaman Francis y Teddy al unísono.

Yo sólo me encojo de hombros. ¡Lo que faltaba!

No me malinterpreten. Me gusta Artur, pero resulta un poco irritante que todo le salga siempre a pedir de boca. Randy nunca lo ha perseguido por toda la escuela y nunca ha jugado a «arrojar la bandeja de comida» delante de todo el mundo... porque él es...

—Toma, Artur —le dice Teddy entregándole un garabato.

—Será mejor que te des prisa —le aconseja Francis—. ¡El timbre sonará dentro de dos minutos!

Un minuto y cincuenta y nueve segundos después:

¡Qué fuerte! ¿Ha dibujado ESO en dos minutos?

—¡Es ASOMBROSO, Artur! —exclama Francis.

Sí, sí. Levantémonos todos y hagámosle la ola al asombroso Artur. ¿Y cuál será su próxima hazaña? ¿Descubrir un remedio para el hipo en la hora de estudio?

—Yo estoy en el equipo de Becky. Vamos a jugar juntos —dice.

¡SÍ!

—¿Ah, sí? —le digo como de pasada—. Sí, será divertido.

La tarde es un auténtico muermazo (el señor Galvin me riñe por roncar en clase de ciencias), pero consigo superarla. Por fin ha terminado el día.

El entrenador repasa algunas normas básicas (¿podemos saltarnos esa parte, por favor?) y, a continuación, los equipos se separan.

—Muy bien, Perros Rabiosos —exclamo—, ¡vengan aquí!

—¿Perros Rabiosos? —pregunta Paige extrañada.

—Un momento, ¿qué es ESTO? —pregunto mirando esa asimétrica bola de pelo que Gina sostiene.

No sé cuánto podré aguantar. ¿¿Gina nos ha puesto el nombre de su GATO DE PELUCHE??

Que alguien me traiga un cubo. Voy a vomitar.

El entrenador hace sonar el silbato.

—¡Muy bien Abejas Asesinas y Mininos Mimosos…! —dice.

En cuanto empieza el juego no importa CÓMO nos llamemos: ¡JUGAMOS como auténticos perros rabiosos! Teddy, Francis y yo ocupamos el centro de la alineación, y enseguida nos anotamos un montón de carreras.

Pero el otro equipo sigue socavando nuestra defensa. No porque sean buenos, sino porque no paran de lanzarle a Gina la pelota.

No sabe agarrarla, no sabe lanzar, no sabe batear, no sabe correr.

En resumen: un desastre.

Me habría gustado sentarla en el banquillo durante todo el partido. Pero no se puede hacer eso en los DRUPA. Todo el mundo tiene que jugar lo mismo.

En la quinta entrada, comete cuatro errores. ¡¡CUATRO ERRORES!! Cada vez estoy más furioso. ¿Acaso le IMPORTA lo más mínimo? Pero ¡si ni siquiera lo INTENTA!

fiuuuuuu fiuuuuuu fiuuuuuu

—¡Tiempo! —exclama el entrenador mientras se acerca a mí. Y, bajando la voz, me dice:

NATE... ¿TE ACUERDAS DE CÓMO TE HAS SENTIDO CUANDO SE TE HA CAÍDO ESA BANDEJA EN EL COMEDOR?

EH... SÍ...

—Bien. Pues tal vez Gina se siente igual al cometer un error —me dice con calma—. No lo hace a PRO-PÓSITO.

Empiezan a arderme las mejillas.

—Lo sé —admito.

—Un capitán debe ANIMAR a sus jugadores.

El entrenador me dedica una sonrisa que me hace sentir bien y mal al mismo tiempo, y retomamos el partido.

¿Y qué pasa entonces? Que Artur (¡quién sino!) recoge una pelota y consigue recorrer todas las bases con ella en la mano. De pronto estamos perdiendo: 9-8. A nuestro equipo le toca batear por última vez y Gina es la primera al bate.

Es la cuarta vez que la eliminan hoy. Me muerdo la lengua. Teddy consigue un doble, así que estamos a punto de lograr la carrera del empate. Pero entonces Francis batea sin fuerza. Dos *outs*.

Y entonces me toca a mí.

Le doy a la primera bola, pero el lanzamiento es malo. La segunda vez la pelota pasa justo por encima del plato y le arreo un buen golpe.

Eso ya son dos strikes. No pasa nada. Sólo necesitamos un lanzamiento más. Con un buen lanzamiento podemos empatar el partido. O ganarlo.

Es curioso: no estoy nada nervioso. Me siento totalmente relajado. Espero a que el pitcher haga su lanzamiento... Observo la pelota cuando abandona su mano. Y cuando se encuentra ya a medio camino, sé que le voy a dar.

Agarro con fuerza el extremo del palo...

... y bateo.

CAPÍTULO
8

—¿Te ocurre algo? —me pregunta papá.

¿Eh? Oh. Sí, me ocurre algo terrible: debo comerme lo que tengo en el plato.

Aunque no lo digo en voz alta. Cuando se trata de sus platos, papá no es un gran fan de las críticas constructivas. Además, es fácil que sepa que no es precisamente el brócoli lo que me tiene deprimido.

—Te ayudaría hablar de ello —me dice con la mejor cara de preocupación paternal.

SOBRE PAPÁ:
Su cara de preocupación paternal es la misma que pone cuando trata de descubrir cómo funciona el DVD.

Me limito a negar con la cabeza. Sin ánimo de ofender, no estoy de humor para una de esas charlas padre-hijo. No es que no me apetezca hablar: lo que no quiero es ESCUCHAR.

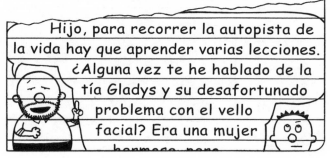

Hijo, para recorrer la autopista de la vida hay que aprender varias lecciones. ¿Alguna vez te he hablado de la tía Gladys y su desafortunado problema con el vello facial? Era una mujer hermosa pero...

Oculto el resto del brócoli bajo la servilleta.

—¿Puedo levantarme ya?

Finalmente papá se da cuenta de que no voy a hablar. Se encoge de hombros y dice:

—Sí, puedes irte.

 Supongo que es un detalle por su parte que se preocupe de lo que me ocurre. Me refiero a que muchos padres ni siquiera preguntarían.

Pero es que no me veo con fuerzas de hablar del partido. Estaba tan seguro de que le iba a dar a esa dichosa bola...

... Y LE HABRÍA **DADO**...

¡... DE NO HABER SIDO POR **GINA**!

FLASHBACK DRAMÁTICO

¿Alguna vez han estado en La Zona? No es un lugar. Es una sensación. La tienes cuando estás 100 % convencido de que algo ocurrirá exactamente como lo deseas.

Cuando la pelota volaba hacia mí, yo me encontraba en La Zona. Todo sucedía a cámara lenta. Estaba totalmente concentrado. Sabía lo que debía hacer.

Y entonces…

141

El entrenador negó con la cabeza.

—Lo siento, Nate —me dijo—. No es una interferencia cuando procede de un miembro de tu equipo.

Fin del partido. ¡Qué final tan cruel! Quería agarrar el gato de Gina y destrozarlo en mil pedazos.

Pero no lo hice. Apreté los dientes y avancé entre los jugadores para darnos el apretón de manos final.

Perder ya es bastante penoso. Pero cuando cometes un fallo al final del partido (¡aunque no sea por tu culpa!), es lo único que se recuerda. No puedes hacer nada para evitarlo: eres «la oveja negra».

—Nate, tu amiga Gina está aquí —me dice mi padre.

¿En serio? Eh, papá, gracias por la noticia. ¿No crees que habría sido mejor que me la dieras ANTES de que bajara las escaleras medio desnudo?

Vuelo al sótano con la cara ardiendo. En menos de medio minuto me visto y me planto de nuevo en la cocina. Papá sigue como unas castañuelas.

¿Entretenerla? Pero ¿qué se cree que soy?, ¿un payaso? ¿Y si me limito a averiguar qué quiere y me LIBRO de ella cuanto antes?

—Oh, y Nate... —susurra mi padre...

¡ES MUY MONA!

¿Qué? ¿MONA? No, no, no. Jenny es mona. Gina es EXACTAMENTE lo contrario.

Pienso aclarárselo luego a mi padre. Ahora debo descubrir una cosa:

¿QUÉ HACES AQUÍ?

—¿A ti qué te parece, atontado? —me suelta Gina con su habitual encanto—. ¡Debemos hacer un trabajo juntos! ¡Tenemos que comparar nuestras anotaciones!

Se saca de la cartera una carpeta del tamaño de una maleta y la abre. Es exactamente lo que uno esperaría de Gina. Páginas y más páginas de información sobre Benjamin Franklin. MECANOGRAFIADAS. Con notas a pie de página. Y cronologías. Incluso creo haber visto un diagrama circular.

—¡UN MOMENTO! —exclama—. ¡Quiero ver lo que has hecho tú!

Se ríe con aire burlón. ¡Es realmente insoportable!

—He trabajado MUCHO —le respondo con frialdad—. Espera aquí.

Subo a mi habitación y agarro mi dossier. ¿Así que cree que es la ÚNICA que lo sabe todo acerca de Benjamin Franklin?

Expongo todo mi trabajo encima de la mesa.

Es realmente impresionante, aunque esté mal que lo diga yo. Hay un poco de todo: dibujos asombrosos de los principales acontecimientos de la vida de Benjamin Franklin...

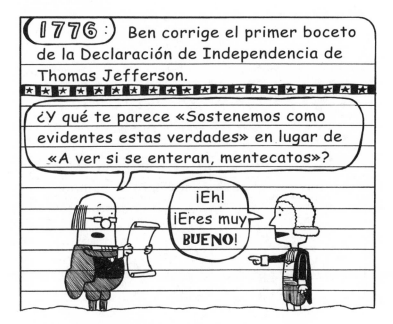

Explicaciones de sus extraordinarios inventos...

... y la VERDADERA historia que se esconde tras algunas de las famosas frases de Ben.

Gina apenas le presta atención. Se limita a soltar un bufido y pregunta:

—¿Es una BROMA? ¡No pondremos DIBUJOS en nuestro trabajo!

—¡Si pegas estos garabatos en mi trabajo, echarás a perder mi media de sobresaliente! —lloriquea.

—¿No me digas?

—¡Ni siquiera quiero jugar en tu dichoso equipo!
—me grita.

Y yo le grito a mi vez:

¡PUES **NO LO HAGAS**!

Gina se queda en silencio durante unos segundos.

—¡Bien! —dice por fin—. Pues no estaré…

¡…SIEMPRE Y CUANDO **TÚ** NO PEGUES ESE **CÓMIC** EN **MI** TRABAJO!

—¿TU trabajo? —excla-
mo—. La señorita God-
frey nos dijo que debíamos
hacerlo JUNTOS.

SI LE ENTREGAMOS DOS TRABAJOS DISTINTOS, ¡NOS **SUSPENDERÁ** A LOS **DOS**!

—No hay problema —me dice—. Yo haré el trabajo, pero lo firmaré también con tu nombre.

Debo admitir que el plan parece bastante bueno.

—¿Y dejarás el equipo de fleeceball? —le pregunto.

—No se pueden abandonar los DRUPA sin razón —me
recuerda.

—Bueno, tú eres el cerebrito, Gina —le digo.

—Bien. —Asiente con la cabeza—. Trato hecho.

Mi padre aparece con una bandeja y una amplia sonrisa en los labios. Un momento, ¿no creerá que...?

—No interrumpes... —empiezo a decir.

—Ustedes dos sigan con... Bueno, con lo que estuvieran haciendo —añade riéndose nerviosamente.

CAPÍTULO 9

ALMANAQUE

Del pobre **Nate**

Precio: $1.00

Nuestro lema:

«Nate es genial, eso es lo principal.»

Bienvenidos a la primera edición del **A.P.N.**, inspirado en **BEN FRANKLIN** (el Nate Wright de la época colonial)! ¿Quieren conocer las últimas **NOTICIAS**, los **ACERTIJOS** más ingeniosos, los **CÓMICS** más divertidos y las palabras **SABIAS** del *POBRE NATE*? Sigan leyendo.

¡■⊞ ⊞● ❚❚⊟⊙●▽● ▧▽ ☐▧● ●⊞━● ❚⊙▮▽▧●!

RELATO → ESTRELLA DÍA DE ENTREGA DEL PROYECTO
ESPECIAL: LOS ALUMNOS ESTÁN ATERRADOS

Como todos sabemos, hace cuatro semanas, la señorita Godfrey nos mandó hacer un proyecto especial. Bien, pues ¡hay que **ENTREGARLO MAÑANA!** Algunos estudiantes (como un servidor) no tienen de qué preocuparse, pero ¡**OTROS** están totalmente **ATERRORIZADOS!** He aquí lo que algunos de ellos dijeron durante nuestra

¡ENTREVISTA EXCLUSIVA!

¡He oído que el año pasado, la señorita Godfrey **SUSPENDIÓ** a un montón de niños!

CHAD

¡Este trabajo me ha dejado **FÍSICA** Y **EMOCIONALMENTE EXHAUSTA!**

Nota: miembro del Club de Teatro

DEE DEE

Me ha salido una especie de sarpullido por culpa del estrés.

KEVIN

ALGUNOS niños le han pedido un aplazamiento a ~~Godzilla~~ la señorita Godfrey. **PERO...**

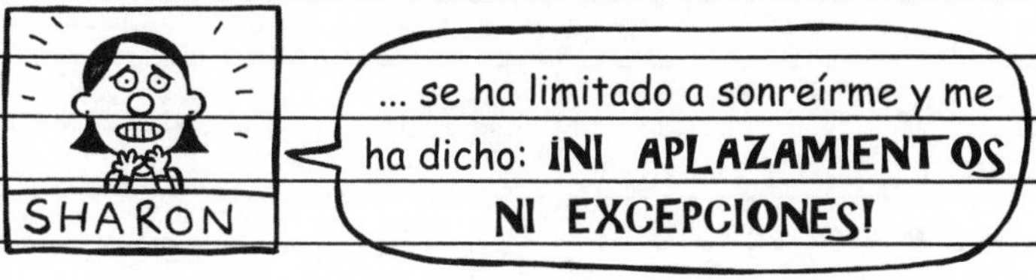
SHARON
... se ha limitado a sonreírme y me ha dicho: ¡NI APLAZAMIENTOS NI EXCEPCIONES!

¡Eh, que **NO CUNDA EL PÁNICO!** Recuerden que a Ben Franklin no le fue bien en sexto... ¡y luego **FUE** un tipo increíble!

* * * * * * * * * *

PROVERBIO DEL POBRE NATE:

«¿Por qué machacarse y trabajar de más cuando tu profesor es un memo?»

Y ahora veamos lo que ocurre...

Es hora de...

¡CHISMES EN CLASE!

¿SABÍAN QUE pueden enterarse de los chismes más suculentos si se pasean por delante de la puerta de la sala de profesores?

SALA DE PROFESORES
... Y entonces le que él estaría ni siquiera pensase en actuar como si supiera de está HABLANDO

¡Es **CIERTO!** Lo he hecho hace poco, y MIREN lo que he descubierto:

¡ETHAN R. TWIG!

¿QUIÉN ES ESTE *MISTERIOSO ARTICULISTA?*

QUERIDO ETHAN: en clase de mates, me siento delante de un niño al que le silba la nariz cada vez que respira. ¡No oigo nada de

lo que dice el señor Staples! ¿¿Qué puedo hacer?? Firmado: Señorita Perpleja.

QUERIDA PERPLEJA: No te preocupes: no te pierdes nada por no oír al señor Staples. **EN CUANTO A TU PROBLEMA**, lánzale un avión de papel al señor Staples. Se pondrá hecho una fiera y te sentará en primera fila, lejos del niño de la Nariz Silbato.

¿QUIÉN ARROJÓ ESTO?

¡YO FUI!

¡PROBLEMA RESUELTO!

Respuesta para el misterio:

CRUCIGRAMA

Lee las pistas...

¡Y rellena las casillas!

1. 2. 3. 4.
1.
2.
3.
4.

HORIZONTAL

1. Sin nadie.
2. Spitsy tiene una. (al revés)
3. ¡Es el **MEJOR**!
4. Lo es el señor Galvin. (al revés)

VERTICALES

1. Lo contrario de enfermo.
2. Las tiene el mar.
3. ¡Espero que me toque!
4. Así te quedas con un grito de la señorita Godfrey. (Al revés)

⊠⊞⊟◇⫿⫾◳◻:
◳⊞◼ ◦⫿⫿⫾⊟◦⊟◦ó◦ ◻ ◼⊞◦
◎⫿◖◖◦ó◦... ¡◦◻◦◼◼⊞ ◻ ◼◻◻◇⫿!

A C E R T I J O DE HOY:

(P.) ¿Cuándo es más probable que le caiga un rayo a una orquesta?

	1	2	3	4
1.	S	O	L	O
2.	A	L	C	O
3.	N	A	T	E
4.	O	S	O	S

(R.) Cuando interpreta *La Tempestad*, de Haydn.

BAJO EL FOCO LOS DRUPA

La temporada de fleeceball tuvo un comienzo desastroso para los Mininos Mimosos (nombre **AUTÉNTICO**: Perros Rabiosos), que perdieron 9-8 contra las Abejas Asesinas. Pero, gracias a **NATE WRIGHT**, su dinámico capitán, los Mininos Mimosos dejaron ese partido atrás, ¡y ya no volvieron a **PERDER**!

↘ HECHOS DESTACADOS de la TEMPORADA ↙

Teddy hace un salto asombroso y agarra la pelota que lanzaron los Pumas.

Francis batea y consigue una carrera completa contra los Grizzlies.

Nate elimina a **DOCE BATEADORES** y consigue la victoria contra los Ciclones.

Y ~~machacamos~~ a los Corceles en el campo... ¡Y fuera de él!

¡Tu equipo no se **MERECÍA** ganar! ¡Han tenido **SUERTE!** De no h... ...do por ...de no... ...is bla b... ...bla bla b... bla bla bla b... ...la bla

«Valen más las acciones que las palabras.»

↑ Cita de Ben Franklin

¡ !

CLASIFICACIÓN DE LOS EQUIPOS

EQUIPO	RESULTADO
1. Mininos Mimosos	5 – 1
2. Halcones	5 – 1
3. Grizzlies	4 – 3
4. Corceles	4 – 3
5. Pumas	3 – 4
6. Ciclones	3 – 4
7. Abejas Asesinas	3 – 4
8. Correcaminos	0 – 7

¡SÓLO QUEDA **UN PARTIDO POR JUGAR**!

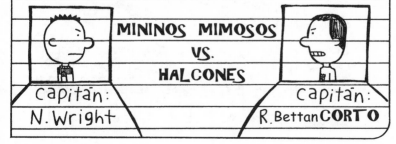

MININOS MIMOSOS
VS.
HALCONES

Capitán: N. Wright

Capitán: R. Bettan**CORTO**

—¿Esperas que la gente te pague un DÓLAR por esto?

—pregunta Francis mientras hojea un ejemplar del *Almanaque del pobre Nate*.

—Exacto —respondo orgulloso.

Francis pone los ojos en blanco.

—Creo que deberías añadir el horóscopo en la próxima edición —apunta Teddy, así la gente podrá leer su futuro.

Oh-oh. El director Nichols. ¿Por qué está rondando por los pasillos? ¿Acaso alguien regala donuts?

—Vendo un almanaque —le digo—. ¡Soy escritor, editor y hombre de negocios...!

¿Habrán notado cómo lo he relacionado con sociales? ¿No les parece inteligente?

—Admiro tu iniciativa, Nate —me dice.

—Pero ¡si TODO EL MUNDO vende cosas en la escuela! —protesto.

Las animadoras venden camisetas...	El club de ciencias vende dulces...
¡SÉ UN GATO SALVAJE!	¡El fosfato de calcio le da un toque delicioso! ? ?

—Lo hacen para conseguir dinero para algún tipo de actividad escolar —aclara el director Nichols—. ¿Para qué quieres TÚ el dinero?

Nada. Ni una triste sonrisa. Eh, ¿se acuerdan de ese ENCANTO de director que nos daba jugos de frutas gratis el primer día de escuela? ¿Qué ha sido de ESE hombre?

—Los negocios debes hacerlos en TU tiempo libre, Nate —me reprende severamente.

Se va airado, probablemente en busca de alguien a quien gritar. Así debían de sentirse Benjamin Franklin y los demás Padres Fundadores con el Rey Jorge.

Teddy y yo plegamos la mesa y avanzamos por el pasillo. Y entonces las cosas se complican.

Oigo gritar a Chad desde el otro pasillo.

Y luego otra voz:

Y otra vez Chad:

No tengo ni idea de qué ocurre, pero se oyen pasos acercándose a nosotros. A toda PRISA.

Doblamos la esquina y de pronto vemos lo que ocurre. Randy le ha arrebatado la libreta a Chad. Se nos acerca corriendo mirando hacia atrás, y no nos ve.

La mesa cae al suelo. Randy también. Su cara se pone roja y empieza a salirle sangre de la nariz.

Es genial.

Randy no duda. Mira directamente a la señorita Clarke, me señala... y dice entre dientes.

¿¿QUÉ?? Abro la boca para protestar, pero la señorita Clarke se me adelanta.

ESO NO ES LO QUE **HE** VISTO.

—DIRÍA más bien que ibas corriendo por el pasillo y te has dado un golpe en la nariz tú solito.

NATE SÓLO CARGABA CON ESA MESA.

Randy parece conmocionado. Repito: es... ¡GENIAL!

Randy duda unos instantes y finalmente se dispone a marcharse. Me mira mientras se aleja, murmurando algo entre dientes.

—¿Qué te ha dicho? —me pregunta Teddy.

—No estoy seguro —respondo—. Algo sobre...

«... MAÑANA.»

CAPÍTULO 10

Y ya ha llegado mañana.

Que empiece la lucha. ¡El partido decisivo para conseguir el Drupi!

—Oh, sí, estamos preparados —respondo con seguridad.

Se hace un silencio. Papá me mira como si de pronto me hubiera crecido otra cabeza.

—De fleeceball, por supuesto. ¿De qué hablabas TÚ?

Levanta una ceja.

—De tu gran proyecto de sociales..., POR SUPUESTO.

Es curioso. Normalmente papá no tiene ni idea de lo que ocurre en la escuela. ¿Y ahora pretende ser El Sabelotodo?

No quiero ponerlo al corriente del pacto que he hecho con Gina. Así que...

Teddy y Francis no paran de fastidiarme durante todo el camino. Ahora mismo las cosas me van bastante bien. No sólo tengo un sobresaliente garantizado por hacer el proyecto de sociales con Gina, sino que no he TRABAJADO ni un minuto con ella. ¿No es genial?

Entramos en la clase de la señorita Godfrey, donde reina un silencio inusual: todo el mundo le está dando un último vistazo a su trabajo, asegurándose de no haberse dejado nada. Lo que me recuerda...

—¿Por qué? —pregunta.

¿¡No me lo puedo creer!? ¡Pues porque no me fío un pelo de ti! Sería típico de Gina omitir mi nombre.

—¿Por qué pones primero TU nombre? —le pregunto.

—¿Me tomas el PELO? —me dice hecha una furia.

Gina me arrebata el trabajo de las manos.

—YO se lo ENTREGARÉ —refunfuña, flotando hacia la señorita Godfrey.

¡Trágame tierra! Mírenlas. ¡Cómo se sonríen mutuamente! ¿Dónde estamos, en clase de sociales o en una reunión familiar? Dale el dichoso trabajo, Gina.

La señorita Godfrey empieza a hojear el trabajo y, de pronto, la sonrisa desaparece de su rostro. ¿Qué PASA?

¿«Vaya»? ¿Ha dicho «vaya»?

—¿Hay algún problema? —pregunta Gina. Su voz tiene un tono algo más agudo del habitual.

—¿Qué me dicen de estas imágenes? —pregunta la señorita Godfrey.

Miro a Gina. Parece…, bueno, algo… ATERRORIZADA.

La señorita Godfrey frunce el ceño.

—Las instrucciones al respecto eran muy claras.

Las imágenes son una parte importante del proyecto. Deben elaborarlas ustedes. Usar imágenes de otras fuentes podría ser causa de suspenso.

Gina abre unos ojos como platos. Y yo también. ¿Su Alteza se olvidó de leer las instrucciones? ¿EN SE-RIO? Eh, ¿alguien tiene una cámara? Tengo que inmortalizar este momento.

A Gina le tiembla todo el cuerpo.

¿S-SUSPENSO?

Uau. ¡UAU! ¿Es eso posible? ¿La Señorita Perfecta sacará un suspenso?

—Se suponía que este proyecto debía ser cien por cien fruto del trabajo de cada alumno —dice severamente.

Gina está destrozada. ¡Qué momento! Tengo que disfrutarlo. ¡Tal vez no vuelva a presentarse una oportunidad como esta!

—Y Nate... —añade la señorita Godfrey volviéndose hacia mí.

Glups. He vuelto a la realidad. Por un momento, había olvidado que Gina y yo hacíamos el trabajo en EQUIPO.

—Bueno, han hecho el trabajo JUNTOS, ¿no? —pregunta con impaciencia.

Genial. MUCHAS gracias, Gina. TE DIJE que deberíamos haber usado mis...

Recojo el dossier de Benjamin Franklin de mi mesa.

—TAL VEZ... esto arregle la metedura de pata.

La señorita Godfrey parece algo sorprendida, pero abre el dossier. Gina se me acerca.

—¿Se puede saber qué HACES? —me susurra furiosa.

Porque, por si no te has dado cuenta, ¡gracias a TU brillante idea nos hemos ganado un SUSPENSO!

Gina y yo esperamos a que la señorita Godfrey hojee pausadamente mis dibujos. La verdad es que se toma su tiempo. ¡Está LEYENDO mi cómic! Eh, por mí perfecto. El material es bueno. Como mi último cómic.

—Nate —dice por fin la señorita Godfrey—. ¿Has hecho TÚ estos dibujos?

No lo ha preguntado en su habitual tono malhumorado. En realidad parece CONTENTA.

—Ajá —respondo.

—SON realmente originales —continúa—. ¡Convierten este trabajo en un proyecto único!

Gina no puede soportarlo. Se ha puesto roja como un tomate y casi no puede ni hablar. ¿Son ésos los síntomas de un síncope?

—Bien, es muy apropiado como trabajo de Benjamin Franklin —dice la señorita Godfrey—. Nate, ¡estoy convencida de que sabrás decirnos por qué!

Por un instante, no sé a qué se refiere. Luego caigo en la cuenta.

—Hizo algunas historietas sobre temas políticos y las publicó en su propio periódico —explica la señorita Godfrey—. Y, Nate... añade...

—¿Has oído eso, Gina? —le digo.

¡Encantador!

Por supuesto, Gina no puede dejar de ser ella misma.

—¿Aún podemos sacar un excelente? —suelta de pronto.

La señorita Godfrey nos indica que volvamos a nuestras mesas con un gesto con la mano.

—¡No les prometo nada! —dice alegremente.

Volvemos a nuestros sitios. Gina no abre la boca. Por mí mejor, ¡yo tengo MUCHO que decir!

—Bien, Gina, a pesar de tu estúpido error, parece que tendrás tu preciado sobresaliente después de todo —le digo.

Se pone roja.

—¡No ha sido sólo gracias a ti! —me susurra—. ¡Los dos hemos contribuido!

—Vale, vale, lo que tú digas. Oh, Gina, sólo una cosa más...

Parece que su cara esté a punto de estallar. Sé que se muere por gritarme, pero no puede decir nada. Sabe que tengo razón. Sabe que de no haber sido por mí, su perfecto expediente académico se habría esfumado.

¿Quién habría dicho que sacar un sobresaliente iba a ser tan divertido?

CAPÍTULO

11

Hay algo que no puedo soportar. ¿Saben qué es? Esperar.

Ya es bastante insoportable tener que esperar para las cosas cotidianas, como ir al baño.

Pero cuando esperas para algo realmente importante, como nuestro partido contra los Halcones, no hay quien lo aguante. Todo se mueve a cámara lenta.

Y hasta que no suena el timbre (¡POR FIN!), el tiempo no vuelve a avanzar con normalidad. Salgo volando de la clase de ciencias y me voy de cabeza al gimnasio.

Es algo difícil entender a Randy con la nariz envuelta como una libra de carne molida, así que se lo traduciré. Me ha dicho que es la hora de la venganza. Supongo que cree que tiene el mejor equipo.

Ahí está, hablando con el entrenador. Debo reconocerlo: prometió que no jugaría, y no juega. Se inventa una excusa en cada partido.

Um. Indigestión... Esta es nueva. Y la comida de hoy era tan asquerosa, que la excusa es 100 % creíble. Buen trabajo, Gina.

Pero ya está bien de hablar de Gina. Tenemos un partido que ganar. Sólo hay un problema:

Randy envía la primera pelota sobre el límite de fondo de la zona de juego. Si la pelota pega justo debajo del cartel de «Campo de los Salvajes», es un doble. Si pega por encima, es una carrera completa.

Randy corre con aire fanfarrón de una base a otra, con una amplia sonrisa en el rostro. Cuando alcanza home, se pone a saltar como un loco como si hubiera aterrizado en la Luna o algo así. Menudo imbécil.

Pero he aquí lo bueno: aún nos queda mucho juego por delante. Empezar con un 1-0 no es el fin del mundo, porque lo más probable es que podamos recuperarnos. Y lo hacemos. Después de una entrada, los Mininos Mimosos ganamos 2 a 1.

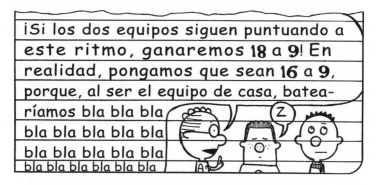

¡Si los dos equipos siguen puntuando a este ritmo, ganaremos 18 a 9! En realidad, pongamos que sean 16 a 9, porque, al ser el equipo de casa, batearíamos bla bla bla bla bla bla bla bla bla bla bla bla bla bla bla bla bla bla bla bla bla bla bla

Luego ganan los Halcones, 4 a 2. Y más tarde los Mininos Mimosos, 5 a 4. Supongo que ya se hacen una idea. Se va adelante y atrás a lo largo de todo el partido.

Llegamos a la novena entrada empatados: 9-9. Y fíjense quién juega.

No me gusta admitirlo, pero Randy es duro de pelar. Hoy ya le ha dado a tres pelotas.

Siempre batea muy fuerte, así que me pilla por sorpresa...

... cuando manda la bola suavemente en dirección a Francis, en la primera base.

¡JA! ¡Esto es pan comido! Francis recoge la pelota, y yo arranco a correr.

... y entonces sucede. La hora de la venganza.

Tengo la sensación de que el pie me ha explotado. Randy y yo caemos juntos al suelo. Él se levanta enseguida, pero yo no. Estoy demasiado ocupado revolcándome por el suelo en plena agonía.

¿¿Qué?? ¿«Estas cosas pasan»? Oh, sí, siempre que RANDY está cerca. Creía que el entrenador era más listo. ¿No se da cuenta de que Randy me ha machacado el pie a PROPÓSITO?

Francis y Teddy me ayudan a llegar a las gradas y el entrenador me trae una bolsa de hielo.

—Se acabó el juego por hoy, Nate —me dice.

—¡No necesariamente! —exclama Chad hecho unas pascuas.

¿¿Qué?? Chad, ¿te has vuelto LOCO?

—¡¡NO!! —grito de inmediato.

El entrenador me mira de forma extraña, y luego se dirige a Gina.

—Tu equipo podría necesitar tu ayuda, Gina. ¿Te sientes lo bastante bien para jugar?

Me mira directamente a los ojos.

—¡Fantástico! —exclama el entrenador.

Al parecer el entrenador no se da cuenta de que eso no tiene nada de fantástico. De hecho, podría ser un auténtico desastre.

—Nada —me dice con una sonrisa burlona—. Sólo trato de sustituir a un compañero de equipo herido.

Muy graciosa.

—Oye, Gina...

¿Lo dice en serio?

—¡Ni en tus MEJORES sueños, Gina! —le suelto—. El entrenador nos interrumpe.

—¡Basta de discusión! —nos dice—. ¡Vamos, a jugar!

Cuando Gina se aleja, oigo las risas de algunos de los Halcones. Esto empieza a darme mala espina.

Al principio, las cosas van bien. Los Halcones alcanzan las bases, pero nosotros nos las arreglamos para conseguir dos *outs*. Sólo necesitamos uno más para empatar.

Se la lanzan a Gina.

11-9, a favor de los Halcones. Conseguimos el tercer *out* en el siguiente lanzamiento, pero el daño ya está hecho. Gracias, Gina.

Aún tenemos una oportunidad más de batear. Las buenas noticias son: Teddy y Francis alcanzan la base con dos *outs*. Las malas son: aquí viene el out número tres.

Tierra llamando a Chad: No, no puede.

¿Lo ven? Su gatito de peluche tendría más posibilidades de darle a la pelota. Es horrible. No puedo quedarme aquí sentado viendo cómo perdemos. ¡Tengo que HACER algo!

Ella se queda sin habla, pero el entrenador, no.

—SIÉNTATE, Nate —me grita.

No parece estar de broma. Suelto el palo de escoba y vuelvo cojeando a las gradas. Menudo desastre. Soy el capitán del equipo y tengo que limitarme a mirar.

Ahí va: el último lanzamiento del partido.

Durante unos segundos, el gimnasio se queda en silencio. Luego...

—¡*HOME RUN*! —grita Chad voz en cuello.

No digo nada. Estoy conmocionado. De hecho, no acabo de creerme lo que ven mis ojos hasta que el entrenador se acerca a nosotros con el Drupi en la mano.

—¡Felicidades, Mininos Mimosos! —nos dice. Y le entrega el trofeo a...

Pero ¿a qué viene ESTO? ¿Juega UNA SOLA entrada y de pronto se convierte en una estrella del fleeceball?

Ups. Un momento, viene hacia aquí. Tal vez se ha dado cuenta de que quien debe recibir el Drupi es el CAPITÁN del EQUIPO. Oigamos lo que tiene que decirme.

Ou. Esta no me la esperaba. Se aleja con el Drupi en la mano, como si fuera la Estatua de la Libertad.

—¡Ha sido un partido asombroso! —le dice Chad.

CAPÍTULO
12

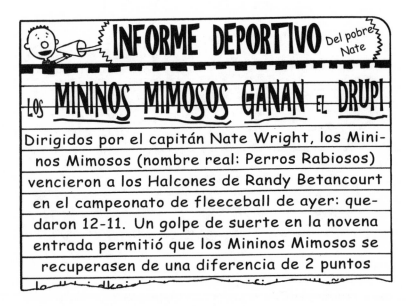

INFORME DEPORTIVO Del pobre Nate

LOS MININOS MIMOSOS GANAN EL DRUPI

Dirigidos por el capitán Nate Wright, los Mininos Mimosos (nombre real: Perros Rabiosos) vencieron a los Halcones de Randy Betancourt en el campeonato de fleeceball de ayer: quedaron 12-11. Un golpe de suerte en la novena entrada permitió que los Mininos Mimosos se recuperasen de una diferencia de 2 puntos

—¿Golpe de suerte?

Vuelvo la cabeza. Gina lee por encima de mi hombro. ¿No puede un genio literario trabajar en paz?

—¡No puedes soportar que salvara el equipo de la derrota! —gruñe.

—¿Ah, sí? —le pregunto.

—¡Eso era DIFERENTE! —responde levantando la voz—. ¡La que trabajé DE VERDAD fui yo!

—¡Mis cómics no son ninguna chorrada, Gina! —le grito—. ¡Y si te hubieras molestado en estudiarlos, lo sabrías!

—¿Qué...? ¿Estudiarlos? —grita furiosa—. ¿Quién eres tú para darme lecciones sobre lo que es estudiar?

—No está permitido gritar en la biblioteca, Gina —le recuerda la señorita Hickson sacándose una libretita rosa del bolsillo.

Gina se queda con la boca abierta.

—¿E... el aula de castigo?

—Está al otro lado del vestíbulo, en la sala de profesores —le digo, servicial.

Gina me señala con el dedo, totalmente indignada.

—¡Es a ti a quien deberían castigar!

—¡Deja de compararte con Ben Franklin! —me susurra.

Oh, no estoy de acuerdo con eso. Ben y yo tenemos mucho en común. Estoy convencido de que si estuviera vivo, nos llevaríamos la mar de bien.

Creo que se quedaría electrificado al conocerme.

EL GRAN NATE EN...

¿QUIERES DIBUJARME?

PISTA: EMPIEZA TRAZANDO LÍNEAS FINAS Y **REPÁSALAS** AL TERMINAR EL DIBUJO.

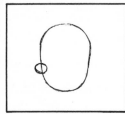

EMPIEZA DIBUJANDO UN ÓVALO. HAZLO MÁS ANCHO EN LA PARTE SUPERIOR.

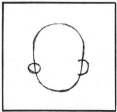

HAZ LUEGO UN ÓVALO PEQUEÑITO. ¡ES MI NARIZ!

UNA CURVA (COMO UNA «C» DEL REVÉS). ES MI OREJA.

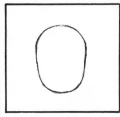

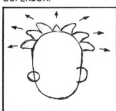

TENGO SIETE MECHONES DE PELO. ¡SIGUE LAS FLECHAS!

MIS OJOS SON FÁCILES DE DIBUJAR. ¡SON DOS LÍNEAS RECTAS!

LUEGO AÑADE LA BOCA PARA QUE PUEDA DECIR ALGO.

PÍNTAME EL PELO, DIBÚJAME LOS HOMBROS, Y ¡LISTO!

¡BUEN TRABAJO!

Lincoln Peirce

Es dibujante, guionista y creador del cómic *Nate el Grande*. Aparece en más de doscientos periódicos de Estados Unidos y diariamente en www.bignate.com.

Echa un vistazo a la Isla de Nate el Grande en www.poptropica.com. Y haz clic en el siguiente enlace: www.bignatebooks.com si quieres saber más sobre *Nate el Grande: único en su clase* y su creador, que vive con su esposa y sus dos hijos en Portland, Maine.

¡BUENAS NOTICIAS! ¡EL PRÓXIMO LIBRO YA ESTÁ EN CAMINO!

¡VIAJE EN EL TIEMPO!

Protagonista: ★ BENJAMIN FRANKLIN ★